运河，请聆听诗的脚步

后金山　著

天津出版传媒集团
百花文艺出版社

图书在版编目（CIP）数据
运河，请聆听诗的脚步 / 后金山著 . -- 天津：百花文艺出版社，2025. 6. -- ISBN 978-7-5306-9169-4
Ⅰ . I227
中国国家版本馆 CIP 数据核字第 2025EL9808 号

运河，请聆听诗的脚步
YUNHE，QING LINGTING SHI DE JIAOBU
后金山　著

出 版 人：薛印胜
责任编辑：郑　爽
特约策划：李多胜
装帧设计：悟阅文化
出版发行：百花文艺出版社
地址：天津市和平区西康路 35 号　**邮编：**300051
电话传真：+86-22-23332651（发行部）
+86-22-23332656（总编室）
+86-22-23332478（邮购部）
网址：http://www.baihuawenyi.com
印刷：四川省东和印务有限责任公司
开本：880 毫米 ×1230 毫米　1/32
字数：166 千字
印张：8
版次：2025 年 6 月第 1 版
印次：2025 年 6 月第 1 次印刷
定价：69.00 元

如有印装质量问题，请与四川省东和印务有限责任公司联系调换
地址：成都高新区双柏东二街 113 号 5 栋 1 层 1 号
电话：13881834276
邮编：610000

◇ 中国大运河博物馆，位于扬州三湾风景区，是集运河文物收藏、展示、研究、教育于一体，兼顾旅游休闲与对外交流的专题性博物馆，也是大运河国家文化公园建设的标志性博物馆。

◇ 北京市昌平区白浮泉遗址

◇ 北京市通州区燃灯塔

◇ 北京市通州区运河文化广场

◇ 天津九宣闸

◇ 天津独流木桥

◇ 河北省东光县谢家坝

◇ 河北省故城县大运河博物馆

◇ 山东省德州市四女寺风景区

◇ 河北省故城县郑口挑水坝

◇ 山东省临清市贡砖

◇ 山东省聊城市光岳楼

◇ 山东省济宁市太白楼

◇ 河南省开封市清明上河园

◇ 河南省浚县古城云溪桥夜景

◇ 江苏省徐州市黄楼

◇ 江苏省沛县歌风台

◇ 江苏省淮安市漕运总督府

◇ 江苏省宿迁市项王故里

◇江苏省高邮市古驿站

◇ 江苏省高邮市界首镇运河码头

◇ 江苏省江都区南水北调水利枢纽

◇ 江苏省镇江市西津渡

◇ 江苏省常州市戚墅堰运河风光带一景

◇ 江苏省无锡市清名桥

◇ 江苏省苏州市宝带桥

◇ 浙江省绍兴市古纤道

◇ 2012年端午前，央视著名主持人、朗诵家陈铎、虹云（已故）朗诵作者诗作《运河颂》，与作者在拍摄现场合影。

◇ 浙江省宁波市三江口

◇ 扬州电视台《运河书房》访谈。“万里走单骑，诗颂中国大运河”引起媒体关注，江苏省“学习强国”平台、《荔枝新闻》《扬州晚报》《扬州发布》都做了宣传报道，扬州电视台《运河书房》栏目做了专题访谈。

运河，请聆听诗的脚步

我是个不太喜欢旅游的人，一生中除了退休前，单位集体组织过两次外出参观活动外，自己单独出远门旅游也就两三次。看到朋友们动不动就出去旅游很羡慕，轮到自己就鼓不起勇气来。这种生活态度说不上有多糟糕，但对一个爱好写诗的人来说，一定是不太理想的。

人与自然在相互交融的过程中会产生共鸣，这种深入骨髓的体验，也许过了六十岁之后，才会更加深刻。去年秋天的一个早晨，夫人感慨地对我说："日子过得太快了，过了七十岁，想做什么大事就困难了，你有什么想做的大事就赶紧吧。"平淡的一句话，有惊醒梦中人的感觉。人生太短暂，眼前许多老朋友、老同学不打招呼就走了，但又一想，七十岁又怎么了，朋友圈许多过了七十岁的人依然活得潇洒自如。人生这条河，各自皆风景。往远处想，作为一个诗作者，总是把自己囚禁在一个小天地里，肯定出不了好作品，天下之大，何不扬起生命的风帆，以诗做桨，抵达一个更高更新的目标呢？兴许生命需要一次感动自己的抉择，才会更完美。于是，我想到了养育自己的运河，我欠它太多，何不趁自己耳聪目明、身体健硕，用诗的脚步去丈量，用诗的目光去打量，用诗的激情去宣泄，用诗的豪放去讴歌呢？越想越兴奋，说干就干，我开始买书籍，查资料，两次去中国大运河博物馆深入了解运河的历史和走向，埋头做起了攻略。临行前，我去了趟市文联，此想法得到了文联赵主席的大力支持，他立即给我开出了商洽函，并承诺文联公众号为采风作品优先提供发表平台。

心中有了底气，有了动力，在几种出行方案中，优先选择“自驾”，其根本原因是便于创作，自主性强，此行不是旅游，而是带着使命“出征”，算不上回报母亲河，起码是为了完成一个神圣的任务。自己决定的事，就义无反顾地去做，这是我的个性。朋友们的担心劝阻没有挡住我前行的脚步，2024年9月19日，我驱车踏上了“诗颂中国大运河”采风的旅程。

京杭大运河全长1794公里，中国大运河全长3200公里，我选择了后者，实践证明我选对了。因为要想追寻大运河的历史，只有全程打卡大运河所有的遗产点、段才能了解全貌，才能为诗歌创作提供更加丰富的空间。

第一次单车远行，第一次跨境实地采风写作，第一次放逐灵魂，新鲜的空气、新鲜的视觉、新鲜的物象，潮汐般涌到眼前，首日驱车1064公里，直抵通惠河源头公园。淅沥小雨飘拂在景区上空，白浮泉遗址里，龙泉漱玉的画面，立刻从静止的状态活跃起来，它是喂养一个城市的生命之泉。如今城市长大了、繁荣了，而这白浮泉却枯竭了，就像一位衰老的母亲，披一身寂寞守候在岁月深处。第一站的苍凉感、敬畏心，让我激动的情绪慢慢平静下来，运河遗产点分布较多的北京、天津两地，厚重的运河文化触手可及。我站在通州东关大桥上眺望，宽阔的河面碧波荡漾，这里曾万千漕船汇聚，帆如林，人如海，一个漂来的北京城，投下了令人遐思的倒影。

中国大运河由北向南可分为：通惠河、北运河、南运河、卫河（永济渠）、会通河、中运河、淮扬运河、江南运河、浙东运河9个河段。这些河段开凿于不同时代，相对独立又相互关联，历经隋代和元代两次大的沟通，形成了连接五大流域、跨越8个省级行政区的水上交通大动脉。2014年，被列入《世界遗产名录》。沿着历史的脉络，追寻运河发展演变的进程，我经常不由自主地沉浸在自然的秘境中，在与古闸、古桥、古坝、古塔的一次次对视中，心跳骤然加剧。它们曾经的风光、曾经的贡献、曾经的伟大，丰碑般耸立在历史的高处，为它们作诗，颂扬它们的功绩，是我毕生的荣幸。

如果说运河的魂是祖国母亲脐带上的血渍，它带着古运河诞生的那一声啼哭，用一生的从容和博大滋养着中华民族，那么，那些因河而建、因河而兴的城市，骨子里一定留下了古运河永远抹不掉的胎记。因此，在“运河景”这一辑里，我将诗笔切入运河城市的腹部，在洛阳古都体验洛水之北厚重的文化底蕴，触摸中华文明的根脉；在扬州古邗城遗址上寻觅吴王夫差第一锹开凿运河的震撼，在拱宸桥上感受京杭大运河终点的雄奇，回味“帆樯卸泊，百货登市”的昔日盛景；在宁波三江口，灵魂与商船一起出海，千年宁波港，海上丝绸路的大气概，一下子澎湃了我的胸襟。

月是故乡明，河是故乡亲。喝着运河水长大的我，一生就奔赴在运河的圩堤上。上中学的时候，母校就在运河脚下，那时候车辆很少，每天晨练都去大堤上跑步。参加工作后，洪水来了，守堤护堤，大雪封堤，上堤扫雪，说不完的往事历历在目，感恩运河的滋润和付出。因此在更多篇幅里，我写家乡的运河热土、运河人家、运河风情，哪怕是一棵树、一条老街、一枝新荷、一颗纽扣，我都能被感动，因为它们的存在与运河有着千丝万缕的关联。

感恩运河，感恩社会，是一个人的修为，作为一个写诗的人，足迹不在于深浅，更在于真诚。我坚信运河一定听见了她儿子的脚步声，这声音会是一根接力棒，在歌颂祖国山河的主旋律中传接、传播、传承。

目录
CONTENTS

第一辑　运河魂

第二辑　运河景

第三辑　运河情

第四辑　运河颂

第一辑

运河魂

邗城外

邗城外，风一声喟叹
有人挥动铁锹
刺入千古洪荒
战栗的邗沟柳烟惊散
一船渔火彻夜未眠

锹口留下了线装的针眼
串起了文明的记忆
尽管十万役夫在竹简上咯血
但见，春风依然在冻土上
放出第一声惊雷

此刻，古邗城灯火通明
箫声里漾着月色
一夜间，蓑衣斗笠如潮汐
邗沟两岸落满星辰

沉睡的土地
在凿痕里喘着粗气

鱼龙惊跃，新泥隆起肉身
铁锹触碰龙骨
引发早春大声的咳嗽
镣铐捶地，铁镐啃噬
吴楚大地在疼痛的晨曦中
分娩曙光

夯歌起落，掌纹开裂
欲望爬满血色的蓝图
古邗城正在改写《水经注》
一笔依山为垒
一笔临江控淮

河道一寸一寸延伸
水域一片一片丈量
一代帝王的野心如陶片
在黑暗中游向日出

初生的婴儿啼破长夜

柳烟里放飞玄鸟的翅膀

一团团篝火点燃

一声声号子响亮

漫漫长夜

三千年烟雨化作一声长啸

在长江的怀抱

在扬州的蜀冈

一路北上

三湾隋堤，柳烟如故
谁还记得龙舟过处
锦帆遮日，一朵琼花告诉我
她在一个清晨醒来
聆听到信使的嘚嘚马蹄

万千漕船首尾相衔
各自在方言矩阵中起锚
一路北上去了哪里
纤夫踩着脚下的走势图
电子屏开始炫动
扬州的盐粒，黎阳的谷仓
纷纷在展览大厅演说古今

我捡起那支旧橹
沿着导航的指引

在全新的码头靠岸
看古闸开合时
一个个王朝赶来我的镜头

青瓷的歌还有温热
丝绸堆积在江南的意象里
南船北马在石家大院憩息
古戏台下的一把瓜子
嗑出了南运河的韵致

桨声灯影，石桥街巷
为漕丁斟满一壶热酒
千里水路，肩上背着的是国运
是燃灯塔的呼吸
是朝思暮想的那扇窗

白浮泉

九龙沉睡，驮着三千年云月
谁在喉骨干裂的隙缝中
抛出一道闪电
青铜般压低城郭
唤醒那擦拭罗盘锈迹的人

苔藓下星图已经走失
郭守敬已找不回勾勒的纬线
他的蓑衣已化作候鸟
衔着运河的肋骨
正在填写建城史的褶皱

水声不知在何年结痂
暗河默默地接纳大地涌动的潮汐
断流的泉眼站在混凝土上守望
大国古城，身体里是否还有

龙泉漱玉的喧响

注：白浮泉遗址位于北京市昌平区龙山山顶，始建于元朝，是通惠河的重要水源地，建有北京历史上唯一一座以“都”字冠名的敕建龙王庙。白浮泉遗址，包括九龙池和都龙王庙，九龙池围于白浮泉，因流水出处有九个龙头，故取名九龙池。

运河源头

平静得像一张纸
可以让我折叠
纸质的岁月里
某朝某代的痕迹如此鲜明
我沿着纸边行走，拐弯处
遇见一艘漂泊的贡船

纤夫如灯，还原着帆影
照彻画面的还有皇城留下的眷恋
许多疑问在那些文字里搁浅
源头阻断了岁月的路径
庙宇泉池还在
古树记忆犹新
我站在源头公园的石头旁
也被他人的记忆抹平

都龙王庙

登山小路覆盖着
苔藓，云翳，绿屏，昏暗
沿着雨径寻找龙王的住处
不高的山顶
应有水声指路

松枝绿云般躲来闪去
不愿说出朝代失踪的细枝末节
断泉后的菩萨
有没有在此泪流不止

明显的人迹稀少
深深的沟壑还在发酵着
帝王感恩的圣言
我在小山跟前仰望着庙宇
双手合十，念念有词

尽管九龙不再张口
尽管我的心龟裂生烟

注：都龙王庙是白浮泉遗址中的一景，坐北朝南，占地约2500平方米，由照壁、山门、钟鼓楼、正殿及配殿等建筑组成。

漕船来京

新茶之舌，吐出浙东的香气
是出海口的雾
柔软了茶的腰身成为贡品
这一路它与陶品丝绸结伴
煮一壶江南雨
从南国赶来

这一船漕粮目光呆滞
远离了平原上那些青涩的依附
如割断血脉般疼痛
镰刀又紧了一把腰带
站在门外守望来年
秋风里，一年的收成登上漕船
从此入赘豪门

脱胎于坊间的翠玉

如村姑的眼眸般清纯
水路迢迢有多少码头可以上岸
她却守身如玉
念念不失自己的魂

煮海为盐，是卸不完的佳话
青砖黛瓦，是扛在肩上的艰辛
人如海，帆如林
一个漂来的世界在此集结
灯光赶走了黑夜
号子煮沸了黎明

一支塔影

塔影如火，指向夜空
运河的梦就有了温度
十三层火焰
在塔尖上升腾
如城市舌头，舔着运河的眼眸

漫过砖隙的野史
一步一步退守水边
那些失重的漕粮
在飞檐斗拱间重新结构明天
守塔人的烟斗敲落第一颗晨星

楼群的倒影在水中拔节
玻璃幕墙收购了塔影
迷途的桅杆放倒在脱水的季节
成为年轮里凝固的闪电

千里水路上的纤绳
背起多少守望的目光
燃着，醒着，等着
举过头顶的风铃与火
用未燃尽的文字
破解一支塔影的韵脚

注：通州燃灯塔是中国大运河沿岸四大名塔之一，始建于北周孝闵帝元年（557 年），最初为镇水之塔，历经多次重修，塔高约 56 米，塔基周长 38.4 米，塔身与顶系清代修建的仿辽代建筑，塔身悬挂风铃 2000 余枚。千百年来，运河上的行船只要远远看见塔影，就有到京城的兴奋。清代词人王维珍有“无恙蒲帆新雨后，一支塔影认通州”的佳句。

乳名

一个闸，一座庙，一条沉船
与一条河有解不开的情结

不见庙影，也不见金门
南运河上的减水闸
看得我发呆，说不出它的前身

一位缺牙的老人赶来一群羊
一辈子梳理水的羽毛
却忘却了羊的叫声
闷雷般的吼声从闸塘内传来
谁遗失了它的出生证

红庙金门闸
一个被忽略的遗产点
站在人们的视线之外

连同那个生锈的年代
深陷在风的记忆里
尽管血肉还鲜亮如初

这世间被铭记的不一定伟大
而被忽略的不一定就渺小
比如乳名

注：红庙金门闸位于香河县红庙村，是北运河上第一个减水闸。

九宣闸

干涸的河床，现出了闸的全部
闸塘底一汪碧水如镜
照见被洪水撕裂过的伤口
身体交给阳光
是一年一度最好的抚慰

透过镜面，我看见了古闸
晒出了李鸿章的碑文
一笔九字盈阳
一笔导洪入海
让我的认知超越了时光的吃水线

激流和旋涡，是闸塘的常客
从南运河赶来的急流
面色慌张，在天津告急的那些日子里
闸门在升降中

导流入海，还烟火于城池

沃野田畴上
九宣闸谦逊地挺立着
没有显摆“引黄济津”的陈年往事
却在阳光下导出
回旋不尽的孤独

注：九宣闸，位于天津市静海区靳官屯马厂减河首端，主要分泄南运河洪水，经马厂减河导洪入海。同时，作为“引黄济津”入津的第一站，承担着引黄应急调水的重要任务。为解决天津市用水，该闸曾多次在“引黄济津”中担负引黄输水任务。该闸建于清光绪七年（1881 年）。

寻桥记

一座古木桥
宛如一尊佛
在一个叫独流的小镇上
默诵着流动的经文

三河汇聚成独流
南运河已远去了昔日的光景
运河上最后一座木桥
以一个幸存者的名义
准备撰写自己的墓志铭

我在它虚弱的胸襟聆听
关于运河申遗的故事
兴许就是姗姗来迟的强心针
让木桥才有了支撑的勇气

我终于明白寻找你的难度
这里的空气屏蔽了你的存在
连导航都失去了嗅觉
沿着如绳小巷找到你
打满支架的桥墩
已经是地方最好的善待

围栏镂空了旧时光
重生的古桥面色红润
沉沦多年的过往无须查证
千里寻来，只为作一首小诗献佛
你渡人无数，我只求悦己

注：独流木桥建于1936年，设计巧妙，结构坚固，是京杭大运河南运河段的重要遗产。

谢家坝

应水而生，沉默不语
把自己融入了大堤
不是对面的斜坡折射着光
我认不出你的前身

俯下身躯聆听
有夯声来自你的腹部
如雷，如电，如心跳
我仿佛是激浪前站立的木桩
插进时空的决口
与水工共筑一堵墙

翻开遗产名录，抚摸你
多次决口的伤痛
你的名字是贴在伤口处的良方
谢家功德无量

不见了汹涌
能听得见风在诉说
挡住洪水猛兽的绝不是泥土
是谢家的那一碗糯米汁
当洪水撕裂圩堤
粮食舍身于土的决绝
成就了一个坚固堤坝
一个美妙的传说

注：连镇谢家坝位于东光县连镇运河段五街、六街交界处，南运河东岸，始建于清朝末年，为当时连镇一姓谢乡绅捐资兴建，故名谢家坝。

郑口挑水坝

如一个历史老人
在这座单堤陡岸上打坐
卫河汤汤，险工无数
你以坝的名义
挑滚滚洪水，让平安在此回流

失散的六个兄弟
又重新聚首
每人都怀揣着“抑息狂澜”的腰牌
回归郑口认亲

这是当年治水达人杨敬桥的杰作
息澜为墨，苍生为笔
挥毫落墨之时
六座丰碑已悄然在人们心中屹立

还是那些青砖石块忠于职守
斑驳了岁月却未斑驳灵魂
你与浪花击掌的时候
我听见了护佑运河为苍生造福的回声

注：郑口挑水坝位于河北省故城县郑口镇，是古运河上一景，它是以龙尾埽拦水缓解冲力为原理，在过去堤坝工程的基础上，分别于1843年、1937年、1945年与1947年修建了六座拦水坝，名为“挑水坝”。

一块临清砖

五百年前，这里窑火旺盛
窑口里的火舌舔着日月
爆红了贡砖的名声

马蜂在一堆干柴中飞寻
如我在一堆朽木中
发现了自己
那些待烧的砖坯
是我酝酿的诗句吗
此一炬，或许能脱胎换骨

南运河的水冰凉
唯有临清砖还有热度
我在一捧莲花土里
发现了城池
那些宫墙文庙亭台

成了旧时代最美的文身

注：临清贡砖是中华传统手工技艺。明清两代“岁征城砖百万”，当时临清每年的贡砖烧造实际数量应远远超出几百万块的贡砖数量。据考证，临清官窑多分布于运河两岸。

水泊梁山

长在连环画里的水泊梁山
是稚嫩的、顽皮的、新奇的
一支铅笔就能桃园结义
江湖义气总是发生在放学路上
这模糊不清的画面
今天变得如此清晰

水泊梁山就在脚下
触摸古运河的水脊
问万舸何在，怎一个河不开
待风待闸的昨天煮一壶老酒
邀长风彩旌船头打坐
水泊从没有过的开怀
八百里醉成一幅迷人的风景

好想与一百零八将同框

我就怀揣一个“义”字入伙吧
可翻遍现实的字典
大义小义躲躲藏藏
我站在风中长叹，今日路见不平
是否还有人出手

拜谒李白

你捋着胡须，举头望月
那轮明月就奔我而来
读李白的诗
成为人生的起步
成为中华薪火相传

一代又一代，就这么看着
一个不认识的老头
一身酒气，走过庐山瀑布
走过黄鹤楼，走过万里关山
又回到我们床前

今天我来了，与你在太白楼相会
还是挑选一个明月皎皎的秋夜
把酒临风，我邀你
你邀明月，还有孟浩然

杜甫、汪伦、王昌龄
新的酒楼迎来一桌诗仙、酒仙
我执一把月光玉壶
为你们斟一杯满满的乡愁

明月还是那轮明月
可换了人间，也乱了平仄
孤帆远影已泊在运河之都
唯见河和在此纵情一笔
已勾勒出孔孟之乡的恩泽和畅

月上中天，煮沸秋夜的不是酒
是万家灯火
我邀所有谪仙为中华赋诗
秋夜不静，万舸如鲫

殷墟怀古

炫动的轮毂切开《尔雅》
在笔画纵横的中原腹腔
触碰到商朝的胎记
洹水在定位系统上涨潮
漫过车载音响
我听见龟甲在泥土中碎裂的声响
那些刻刀划过的痕迹
是占卜者未曾说出的预言
当后母戊鼎在挡风玻璃上显影
我们共用的同一副喉舌
已更新导航女声新的说辞
王陵深处，我与甲骨对视
那些未解的语言和符号
兴许已经在纸上复活
而我只是一个迟来者
在历史的裂缝中寻觅失落的回声

后视镜里，刻刀在收割月光

仓颉庙的飞檐挑破胎压

我摇下车窗

放出三千年前的鹤影

注：殷墟，是中国商朝后期都城遗址，位于河南安阳市西北郊，商后期叫“北蒙”又称“殷”，公元前14世纪盘庚迁都于此，至纣亡国。共传八代十二王，前后达273年。周灭殷后，曾封纣之子武庚于此，后因武庚叛乱被杀，殷民迁走，逐渐沦为废墟，故称殷墟。2006年，作为世界文化遗产列入《世界遗产名录》。

洛水之魂

阳光下，你炫目的外表
发出虚空的呻吟
暗示我一定要在此逗留
借李白一杯酒，或借杜甫的草庐

龙门石窟睁大凝固的眼眸
眺望一条河的变迁
白桦林的鸟发出嘶哑的鸣叫
每一尊佛都在合掌低语
沧桑和温存转眼间在时空中轮回

洛水，这根母亲的脐带
孕育过远古文明
那贵如甘露的经血催生出
苍茫中原的肤色和个性
每一轮初升的太阳

宛如一滴露珠
从仰视的眼眸中投向大地

我开始寻觅洛水的本真
洛水的魂，及其无法复制的高光
指向含嘉仓的路标
都已被野火和雷电洗礼
翻卷的浪花默不作声
浑浊的水反复揉搓着过往
一面酒旗重新在岸边飘动
一群会唱歌的鸟从空中旋风般归来
划过天津桥

柳孜，时光的沉浮

一条船的沉睡
把那场噩梦带走，连同
一个旋涡，抑或一排巨浪
这地方的空气仿佛已凝固

那些船上的陶瓷
在一个清晨睁开了眼睛
多年前的那场灾难
还有船骸浮出水面
阳光摇醒八个兄弟
八只沉船，秘密已向世界公开

唐宋的夯声
从河堤的石缝里漏出
石块垒起的船墩是忠实的见证者
运河在此沉浮过往

它顽石般挺立坚守
在向游人讲述
黄河、运河、淮水的福与祸
深与浅，断与续

注：柳孜镇位于安徽省淮北市濉溪县境内，始建于东汉，因隋炀帝开掘的大运河之通济渠段穿镇而过而逐渐繁荣，成为唐宋时期淮北地区的政治、经济、军事和文化重镇。

大风歌

风中，我听见刀戈剑戟的声音
风中，我嗅到血腥的味道
风中，我抚着如铁的诗句
感受激越之后的冰凉
大风起兮，大风骤兮
一代豪杰，用血肉扛起江山
云却飞扬，谁来佑我

干戈寥落，群雄乱舞
在胜为王败为寇的铁律中
岂能在歌中迷醉
抛出三句骤然收住
一个伟大的头颅清醒到
让人窒息

男儿大志，征战四方

故乡才可以安放灵魂
我好想一韵到天涯
纵情九州，释放胸中狂想
无奈天下一统，长乐未央

如今，大风有歌无台
那位开国帝王不见一丝阳刚
我在一座阴暗的展馆中拜见你
你没有一点风声和脾气
好想你，在天地间振臂一呼
“大风起兮云飞扬”

彭城怀古

云烟之上，嘶马飞蹄
一座城在历史的天空中定格
兵俑如潮，战车喧响
黄河记得你，泗水记得你
群雄争霸在此逐鹿
硝烟散尽，只剩汴泗回旋

彭城不老的筋骨
多元的气质里，有兵家的剑气
有五省通衢的灵气
更有不肯过江东的豪气
我还是喜欢去戏马台
听那一声声雷霆般的长啸
如时光之鞭，抽打出彭城人的血气

时光成俑，有秩序地排列

戏马台荒芜了多少故事
只有灵魂被拔山盖世的雷电击中
生命里不能只剩下泥沙和水

很少有人在咀嚼白居易的汴水流
泗水流，我爱看万石漕粮在此入仓
一朵浪花，推出一片繁荣
我爱看凤凰山麓淮海战役的地标
英雄喋血的浮雕
我想做那辆破旧的独轮车
被推上前线
可我魂已成俑
举不起手中长鞭

富义仓

城市的胃一刻不停地蠕动
它与粮食无关
闪烁的霓虹从来不会考虑
田野与城市的距离
只有富义仓像一位老妇人
身居闹市，操心这一季的收成

她不会忘记运河的路径
那些留着的桩是她的手杖
衣兜里的荒芜丢进了流水
没有遮挡的蚂蚁是她唯一的知音

遗址的画面些许模糊
城市的胃痛经常发作
在重金属泛滥的年代里
“天下粮仓”这个词令人敬畏

注：富义仓，始建于清代光绪年间，位于浙江省杭州市霞湾巷8号，京杭大运河畔，地处胜利河与古运河交叉口，是清代国家战略粮食储备仓库。

第二辑

运河景

香河

搅觉生香，是这条河古老的绯闻
神话了萧太后的胭脂味

诗意泊在
北运河的臂弯里
任由游客疯狂地想象

一朵莲，捧着雨滴
腰肢忸怩，欠她一套戏服
和一个消逝的朝代
香水里那尾锦鲤
摆动的水袖
是她活灵活现的演绎

京畿首驿，多少菡萏梦
在香河两岸入住

青石花墙洞见碎石小道
谁家姑娘正调整着姿势
摆拍一束上岸的火

杨柳青古镇

南运河额头
有你这颗眉心痣
京津冀一眨眼就风情万种
沽上扬州是北方漾出的酒窝
小镇一脸的开心
就写在那张木版年画上

太多的美誉
在沃土里拔节
或许你就住在那枚柳叶里
拂动青青的水袖

石家大院一直敞开垂花门
有京腔京韵溜出戏楼
在回廊转角处回望

那连升三级的踏步台阶
踏出的慢生活不徐不疾
如闲适的二黄散板

我就打坐在牌坊脚下
搜一曲江南的杨柳青，聆听你
有韵有味的存在

走江湖

一方水土养出不一样的江湖
车过吴桥，也想飞悬在半空中
这里的空气很紧张
屏住呼吸，心就悬在钢丝上

沿着这条运河走南闯北
一身本事，是人们闯荡江湖的饭碗
掌声与惊呼响起
江湖才敞开一扇门

骨折的土地年年要长出新笋
肉身里拔节的技巧没有一丝恐惧
后生们抛下故乡去了远方
回眸就是一个被家人记住的把式

有幸成为吴桥的过客

靠近那个城堡一样的杂技大世界
我明白了江湖的险恶
因为一墙之隔
就听见了大楼里的血雨腥风

尚德之州

一场急雨之后，天蓝风轻
混沌的老街闪出一条新路
打理羽毛的鸟，正准备一首新歌
在古运河的码头上
与“三纲五常”对唱

这里的事物和语言都被洗礼过
沿河老街背负起新的使命
石码头浣衣的女子
上岸的样子很好看
血液里的承载洇出满脸胭脂红

运河在这里被乡风濡染
重口音是骨子里吐出的赤诚
一身储满厚德的基因
淘尽沉沙，在一个港湾里

卸下祖辈的家训

九达天衢，张开臂膀
接纳四方的敬畏
搁浅的木舟就横卧在四女寺
没有一支桨能划进荷心

光岳楼抒怀

踏步上留有帝王足迹的路
拾级而上，发现自己
也梦幻般拥有天下
而我的天下不止九万里

登楼远眺，泰山舒展翠屏
屏面上墨迹未干
飞流而下的诗句发出的声响
在留白处叫出我的姓氏

与鹳雀楼黄鹤楼比肩齐名
说世界欠你一首诗
摊开九百年历史长卷
书写的都是长风绝句

更想把笔墨留给匠人

不用一根铁钉
就结构出一个魔幻的世界
无法触摸的智慧
千古帝王文人墨客的诗
解不开你一个卯榫

其实聊城就是一首精美的诗
岁月在不停地翻新诗句
光岳楼如一枚印章
就盖在生生不息的未来处

注：光岳楼，亦称余木楼、东昌楼，位于山东省聊城市东昌府区古城中央，始建于明代洪武七年（1374 年）。在《中国名楼》站台票纪念册中，光岳楼与鹳雀楼、黄鹤楼、岳阳楼、太白楼、滕王阁、蓬莱阁、镇海楼、甲秀楼、大观楼共同组成中国十大名楼。

道口古镇

在一张木板年画里
我遇见了你，你将卫河搂在怀里
用一支橹为她舒筋活血

一只烧鸡是你最美的表情
百年老店面朝运河
帆影和夕阳都是店家常客
舌尖上的道口就浸泡在河岸的故事里
每个情节都有秘制的香味

今晚，顺河古街有戏
一出出大弦戏又将在月色中开场
道口这位老人就坐在运河码头上
掏出烟锅，敲出心中的日月

惠济桥

桥楼上，一只小鸟衔来杜甫的诗句
告诉秋风，茅屋所破已成风景
桥面深深的履痕，是车辙
更是郑州脸上镂刻的皱纹

三孔石桥，抛出三道弧线
彩虹般托举起中原的山水
顺流而下的夕阳载满七律
一首接一首地叠加在黄河的甲板上

桥对面的万家灯火淳朴温厚
烩面的味道，养育了一方风情
而我在这夜色里
一直在寻觅被山水宠爱的身影

泼墨的夜拉近天空与大地的距离

石桥上行走的人满怀感恩

穹顶有星月点亮

人间有惠济连接

石桥上，我成它绝美的插图

注：惠济桥位于郑州市惠济区大河路办事处，惠济桥村中部偏东北，它是隋唐大运河上一座历史悠久、造型优美、结构合理，且具有重要艺术价值与科技价值的三孔拱券石桥。

走进清明上河园

就带了一柄雨伞，一支诗笔
以身入画，打探汴京
我是沿着运河的水路而来
我是触摸着大宋的心跳而来
我要在纸质的繁华里淘出一段光阴
寄希望于一场春雨
将我眼前的现实虚化
诗笔做犁，耕翻出一个属于我的春季

古老的茶坊，煮沸过市井
深深的酒巷里叫卖声依稀
那个奔跑的稚子可是我的前身
逗乐了虹桥栏杆上的石狮
桥下吟诗的可是秦观
他说“骤雨才过还晴
古台芳榭，飞燕蹴红英”

勾栏瓦肆暗淡了过往
国槐龙柏葱茏了古今
我好想做一个赶驴的老者
看算卦行医，听叮当驼铃
一壶浊酒看淡世间风云

注：清明上河园景区位于河南省开封市龙亭西路5号，以《清明上河图》为蓝本1:1的比例复原的大型宋代历史文化主题公园。其占地600余亩，其中水面180亩，景观建筑面积3万多平方米。

黄楼

黄色，是一种深沉
而彭城黄楼的黄，是黄河的颜色
彭城的肤色，一代文豪的胆色

静静地伫立，如一个长者
披一件黄色外衣
隐在绿荫之中的不只是楼
是彭城的骨，是黄河的魂
是一代文豪遗存的英雄气

苏轼，在洪水围城的时候
你是知州，你是勇士
此刻做好官大于作好诗
雨中那只挥笔的手，紧紧握着的
是彭城的生死
你生命里的文字都是坚硬的石块

垒成了护佑百姓的墙

大江东去，黄河犹在
把酒问青天
苍茫人间车来人往
多少年，才能有一首守土颂歌
拉长我的视线

黄楼，你犹如彭城胸前的勋章
光照后人，为官一任，口碑留史
看人间山川开合，仪态万千
唯你的诗文收放自如

注：黄楼，徐州五大名楼之一，承载着深厚的历史底蕴，不仅是徐州历史文脉——彭城七里的重要交汇点，更见证了苏轼在徐州任上，带领军民共同抗击洪水时的坚定与不屈。

梦里窑湾

梆打三更，这满街的灯火
就睁开眼，运河来不及梳洗
就站在甲板上开始吆喝
那些远来的漕船
还在绿豆烧的酒劲里摇晃
码头上，那新鲜的桂花糕已经出笼

是窑火的暖，还是河湾的柔
吸引了漕船的眼眸
他们在晚霞中停靠，在朝霞中扬帆
这一夜，就托付给窑湾
热情的窑湾人，将最美的骆马湖鲜奉上
加持一壶绿酒
醉了船工，醉了码头，醉了三更

拼装的市场色彩缤纷

从街巷延伸至甲板
一条街的灯火连接一河的灯火
点燃鲁南最走红的传说
被夜猫子占领的集市
从窑湾装船，卸在天南地北
成为运河商帮文化最美的风景

夜幕给我派生诸多想象
星光抑或灯光
能否将公平点亮
规则只要架构在人心
黑夜一样能发光

清江大闸

怒闸如雷，溜塘水深
船工脊背朝天
数百人护一舟安渡
襟喉喑哑于石壁
一根根纤绳化解过闸之险

老去的清江淤沙沉淀
漕船已经搁浅在博物馆里
闸门的苔衣是襟喉里浑浊的光
它从没忘记绷断纤绳的日子
肉肩上的血痂又一次破裂

暗淡的旋涡
是黄淮凶狠的眼眸
一瞬间，闸口雷声远去
青石将朝代流水般的过往

写成一份又一份汛息

多少年过去，石碑在风中挺立
新闻的齿轮咬着月光
恩泽大地才是闸的全部意义

注：清江大闸，位于中国运河之都江苏省淮安市，始建于明朝初年，用于控制里运河的流量和调节水位，以缓解湍急的河水，使漕运船只顺利通过；清江闸是漕粮所必经之咽喉要道，每当运粮季节，万艘漕船和十二万漕军帆樯衔尾，绵亘数里，蔚为壮观。

项王故里

很少在四面楚歌的悲凉中
走近你
更多的是在力拔山兮的
盖世壮举中赞叹你
很少在你自刎乌江的
故事里悲切泪目
更多的是在霸王别姬的
气场中品味
一个人与一个城市
一个英雄与一个美女

打卡宿迁，沿一串成语故事小跑
走进梧桐巷我才明白
为什么人世间为了爱情
就可以楚汉相争，破釜沉舟
为了利益就容易揭竿而起

真想赴一次鸿门宴

我是沿着运河顺道而来的
遇见“天下第一槐”
我相信它的根须早已抵达
运河因此折弯成——
一个人、一棵槐、一个传说

故道斜阳，托着千斤大鼎
冷月狼烟，已托付给野草
在项王故里，我捡到的
不仅是残戈断戟
还有男人的骨骼和豪迈

荷乡，运河的宠爱

最羡慕宝应人的六月
夏天风有清香，景有翠绿
望不尽的青荷撑起遮阳的伞
看一眼，心就凉爽

宝应被称为荷乡
一直是在运河的娇惯中成长
老百姓的日子
都是白白胖胖的

荷乡是运河得意的收藏
它说，绵延千里只有这一块宝
地球有太多太多的伤
只有万亩荷田才是它
最有疗效的创可贴

荷与藕，它们以不同的价值
馈赠这个世界
无论是入眼入镜还是入画入餐
冲击视觉和味觉的
一定是人世间最美的盛宴

来宝应赏荷是很奢侈的事
偶遇一枝待放的荷花
你的心就会乱跳起来
害怕魂被它勾走，就在转身的一刹那

走进荷乡，大地是柔软的
整个村庄都在香风中荡漾
如果你不习惯荷花的轻佻
那就淘一枝荷藕的含蓄与高贵
不管你揣着什么心思而来
在荷乡拥有的
一定是大自然的宠爱

运河的纽扣

运河，你有一颗锃亮的纽扣
运河，你可记得童年的时候
母亲给你缝上的
这一个褐色的童话
你丢了，丢在路边
太阳打着灯笼
踏着你细碎的脚印
寻了一千年
寻到了一个锈迹斑斑的界首

这是元朝的古驿站吗
历史拾起飘落的羽翎
把惊叹挂在新楼
八千里疲惫
弯弯曲曲的风流
被这里好客的主人盛情地挽留

姑娘用视线穿起希冀
荡开世俗的浮藻
走，与大城市攀亲结友
用那双灵巧的手
擦去纽扣的锈迹污垢

穿梭的梳似灵巧的针
在运河的胸襟
缝上一支古朴悠远的歌

（发表于 1986 年 11 月 5 日《新华日报·新潮副刊》）

大运河博物馆

你从隋炀帝的皇宫驶来
你从中华文明史最辉煌的一页驶来
你从世界运河的风口浪尖上驶来
你从万千纤夫脊背上驶来
背负一个民族，从苦难走向辉煌
今天，终于停泊，停泊在扬州三湾

你帆如塔，形如舟，气壮如虹
一声长鸣，穿越千年
安卧扬州，刷爆一座城的朋友圈

登上你的甲板
我看见了春秋开凿的浩荡人烟
两千五百年的历史风云
一幅浩瀚的历史长卷

你宽阔的胸襟
汇纳黄河长江
你胜过苏伊士和巴拿马
以最长最大的工程
勇冠世界之巅

仰望大运塔，高耸入云
这是劳动人民的智慧和力量垒砌的高度
丰碑般引领，灯塔般照耀
我在一声运河号子里
打捞起千年漕运，打捞起
生生不息的运河文明

千百年你养育多少运河子孙
风里雨里没图回报
今天，终于有个家了
这条回家的路是中华儿女的期盼
铺就在扬州，在烟花三月里

瘦西湖

几分精致，几分端庄
裁剪了三月怡人的模样
我在水影里打碎了明楼
慌乱了垂柳，惊飞了霞光
五亭桥上执伊人之手
遥指峰岚花瘦
有船娘画中徐来
一曲相思，漾起满湖涟漪

在二十四桥寻觅
走失的箫声
那个爱拍视频的美女子
把自己瘦成了二分明月

琼花在暮色中收拢翅膀
一地碎玉与月光相遇

有人折一枝柳送给波纹

不经意被明月牵住手

注：瘦西湖，是京杭大运河扬州段支流，它由古代隋唐大运河水系和隋、唐、宋、元、明、清等不同时代的城壕连缀而成，2014 年被列入《世界遗产名录》，现为国家 AAAAA 级旅游景区。

文游台

群贤雅集香火旺盛的高台
聪明的太守一副墨宝
留下了千年文脉
高邮湖在宣纸上洇开褶皱
蓑衣正垂钓宋时的烟雨

四贤祠里酒风浩荡
一首首诗在平台上飞向辽阔
刻勒在时光深处的碑帖
钟情于孤鹜衔来的一湖春水
有人解开缆绳
放飞整座城池的倒影

秦观的鹊桥搭在芦苇腰间
每根苇管都有月色流淌
竹简上的词牌沉入淤泥

一尾鱼游来，诵读金风玉露
所有涟漪都睁大了眼睛

千年后，我穿过牌坊拾级而上
松林中水鸟衔着未干的笔锋掠过
湖水正以楷书的姿势
浸过我未被风化的掌纹

注：文游台，位于高邮市区内，始建于北宋，因苏轼过高邮与本地乡贤秦观、孙觉、王巩会集于此而得名，现为国家 AAAA 级景区。

运河大桥

波光之上，大桥
是城市抛给西堤的深情一瞥
在空中划出美丽的弧
鲜红的桥栏如唇
从此古城与珠湖唇齿相依

远望大桥如折扇
古城就是谦谦君子
当湖上落霞给古城穿上晚礼服
打开折扇，帆影入画
乌篷船便闪入月光舞池

橹声已被珍藏
大桥托起现代城市的重量
在西堤草坪上起舞的人
记不住脚下曾经的荒芜
肯定忘不了大桥的恩惠

运河第一锹

是在茱萸湾，还是在蜀冈
我沿着古邗沟寻觅
夫差那惊天动地的一锹

兴许他不会想到这一锹
会让邗沟顺流成势，万达通衢
兴许他只是为了江山漕运、兵马伐齐
未承想，江河湖海因此汇通
大中华因一锹凿出万世文明

大河绕过唐宋，直抵元明清
这一路星移斗转、时代更迭
唯有源头的故事
在桨声里生生不息

说鉴真东渡，说琼花如玉

说腰缠十万贯，骑鹤下扬州
说九牛二虎一只鸡
说丽人在二十四桥吹箫
二分明月瘦

赞赏有人给镇水铁牛一个特写
然后看落霞与孤鹜
古运河的诸多遗韵在春色里发芽
如一束蒹葭摇着风

爱在虹桥观月
喜欢看她梨花带雨的样子
最是烟花三月
运河着一身翠玉
在万花园荷锄，与一株丁香偶遇

西津渡

什么是一眼千年，被风吹皱的
不是浪花，而是这里的石头和旧时光
在西津渡，江岸北移
退守视线的渡口无人问津
晨风中，老码头依旧在复述
当年东吴水师的威武

耳闻江南江北握别于玉山
云台阁一声咳嗽
古渡立马收拢缆绳
三千年文案，让时代一笔刷新

江水不渡客，佛经自度人
这里的五十三坡到底有多神秘
一群又一群的游客在此攀登
是求善、求智，还是修来生

一身背负，只能寄存在待渡亭

古码头不情愿地张望着
没有水的日子有多纠结
习惯在水中裸泳
穿上这让人观赏的行头
有一身的不自在

走进古人的诗句
夕拾潮落夜江，星火瓜洲
与秦观结伴江渚
观西津初弦月，还一江渔火稠

注：西津渡，位于江苏省镇江市主城西北部的云台山麓，地处长江与京杭大运河交汇处，是一条长八百多米的古街，有“中国古渡博物馆”之美誉。

青果巷

枕河人家，桨声卧波
青果巷如一幅木版画
悬挂在南市河

雕琢过的日月
是水弄堂炫目的活化石
一眼古井，睁大瞳孔
问青砖黛瓦
今年又有几处被光阴命名

谁能读懂江南运河的心事
那些深宅大院被镂空的轩榭
时不时地漏出几句撩人的软语
运河写给青果巷的情书有厚厚一沓
每一篇都有江南名士的钤印

灯笼摇曳，古巷不言不语
文化街区的桨声灯影
将江南的秋夜洗涤
一种被还原的真实显得慌张
在石板路上踩乱了节奏
游人急忙聚焦镜头
谁都别想在半部常州史里溜走

注：青果巷，位于常州老城区中部，邻近运河。始建于明代万历九年（1581 年），街区以明、清、民国时期的建筑为主，有一处世界文化遗产、三处全国重点文物保护单位，是常州国家历史文化名城的“活化石”。

南市河

南市河的水有多深
有人一篙戳到了春秋
还有人在梦中听见纤夫的号子
纤道上的汗滴被晨风晾在临水的窗棂

据说这里的运河不输邗沟
夫差同样亮相河岸
那些石凳、石桌、石刻上的斑痕
是中新桥上最清晰的记忆

修缮的明城墙敞开着西瀛门
细数着古巷曲直
在古码头的石桌上
我触摸到王安石、苏东坡的笔迹

篦箕巷

比梳还小的是篦
比篦还小的是光阴
光阴隐藏在黑与白之间
先梳一遍卷着的繁杂
光阴就会在篦的时候顺理成章

篦箕巷就是用来打理常州的
篦过一遍江南细雨
整个常州靓如淑女
有人在毗陵驿眺望篦梁灯火
挂着的宫灯摇曳影子里
都是密密匝匝的依偎

大码头窃取太多的离别
小巷从不张扬
习惯梳理悲欢离合

在皇华亭挂出
响亮而又耀眼的招牌

注：篦箕巷，常州八景之一，紧邻运河，常州自古以制篦和木梳闻名，整条街巷家家户户以制作梳篦为生。

老机器

流动的画面里，你是一位老者
在戚墅堰，在运河边
以铁一般的意志力
宣誓那一句句坚如磐石的誓言

早年，江南工业在这里诞生
空气里我嗅到柴油的味道
轰鸣声中有螺丝滑落
有戴袖章的老工人
讲述《共产党宣言》

笨拙的老机器端坐河边
喑哑的喉咙里反刍着昨天
满是油污的鸭舌帽
遮不住如火的眼神
斑驳的火车头发出一声声怒吼

一场江南的细雨
洗涤了过往
复苏了老机器的心脏
他惊讶地看见了
在运河的彼岸走来一群
会跳舞的机器人

注：常州戚墅堰运河公园坐落在运河南岸，其中许多老工业机器造型、工业景墙组合成运河的风景线。

清名桥

宫灯一路引领，在一个
响亮的名字跟前熄灭
有人提醒抬高脚步
有船收藏了倒影
就在这岸与岸之间
河水改了姓氏成了弄堂
清名桥，如月光般精致
收紧了两岸的亲密

站在桥顶，听桨声打理着生活
有小船缝着水弄堂
偶尔露出青葱的针脚
清名桥眯着眼从不多言

穿过古街的河循规蹈矩
从不轻易留下一个旋涡

有时候禁不住临窗的诱惑
漾一船滚烫的民歌
填满姑娘的酒窝

纤夫的号子热烈
一把梳篦装进兜里
把难言的酒后话
托付给清名桥
忘不了你，窄巷水做的腰

注：清名桥，始建于明代万历年间，历经多次修复重建，位于无锡境内，是无锡市区规模最大，保存较为完整的一座古代石拱桥。

枕河人家

檐下雨滴神色慌张
一个不打伞的陌生人
接住了她滑落的笑声

翘着的兰花指
盈盈小步的影子里
藏有枕河人家吴根越角的秘密
此处忽略伞的功能
谁又能抵挡得了
千年苔藓上结出的女儿红

伞骨支撑着那片天空
水弄堂里行走着枕河人家的梦
一座石桥，迎来一对情侣
直播，是这个时代的新代言
我乐意成为镜中的匆匆过客

吴中古纤道

纤道因纤夫而生
纤夫因河而生
一条大河弯着弯着就累了
你的脊背，弓着弓着就老了
大河有浪，起着伏着都是能量
人的脚步，摇着晃着都是一座山

河有形，浪有能，人有骨骼
一根纤勒进肌肉背着风浪
风浪背着人从远古
走进现实

古纤道是一本积蓄
每块石板上的汗滴如金
脚掌踩出的页码用纤绳装订
吴中运河有了最古老的遗存

注：吴江运河古纤道，始建于唐代元和五年（810 年），由苏州刺史王仲舒主持修建；明清时期，因频繁水患逐渐被废弃。

五十三个桥孔

江南运河最得意的一把梳子
就插在澹台湖的鬓边
它梳理过的湖水、河水
一浪比一浪好看
从古到今都称它宝带桥，因为
人们更愿意接受它的形
而我遇见的，是它的眼神

五十三个桥孔漏出的光
是运河最得意的表情
每每有货船经过
它都会赠送一串欢快的旋涡
船工最懂姑苏的柔

岁月懒于梳理
五十三个桥孔长满苔藓

起伏的悬念如浪
也如过往船只的腰身
桥长如堤
赤膊的纤夫亮一嗓子
整个水城都推开窗户

注：宝带桥，别名长桥，五十三个桥孔，是苏州境内的一座桥梁，位于大运河和澹台湖之间，是中国古代十大名桥之一。

八字桥

乌篷船从南宋的记忆里穿行
撑篙人用乡音打扮着码头
青石板扣住彼此的关节
在黄昏的最后一刻形成八字

半部县史就漂浮在水文里
一众文人雅士沿河岸走来
一壶女儿红，摊开一河稿纸
留下了多少诗句

书法家临水悬腕
把涟漪写成失传的八字
攀桥的青藤从桥顶垂下
万种风情为一河洗尘

水的生辰八字

是桥在时空中的又一种推断
朝来暮去，命理中
都有美好运势的抵达

注：八字桥，位于浙江省绍兴市越城区，始建于南宋嘉泰年间，两桥相对而斜，状如八字，故得名，2001年被列为全国重点文物保护单位。

纤夫

绍兴古纤道
是江南运河的名片
被血汗浸润过的条石
漂在水面
托起清晰的脚步声

石头珍藏了多少血迹
是赤脚的纤夫留给月光的记忆
他们的号子一波接一波地交替
而肩上的重量
在水上漂移，一刻不停

水鸟的影子如闪电
照亮那些游走的官瓷
过往的朝代
也为背纤人书写着来生

拱宸桥

前世一定来自一座山
一座佛音萦绕、万物苍翠的山
坚硬的身躯，内心却很柔软
被木鱼敲醒后
那位度世的善人
被雕琢成桥

从远方赶来的石头
转换了新的身份
推开了杭城最雄壮的水门
三孔卧波，如一张弓
不时地弹射着往来的歌谣

我数着一级又一级台阶
第几级才能成为
安慰自身的风景

桥洞下
水纹织就的丝绸
裹着时光的体温
乌篷船穿梭在月色中
不知能否缝合那些流浪的梦

注：拱宸桥，位于浙江省杭州市拱墅区桥弄街，东西向横跨大运河，2014 年入选为运河世界遗产点。

观潮

一定在哪儿遇见过
这声音滚动在我的躯体里
隐隐听见有人在说话
却又不知她是谁
我挣扎着要看个究竟
水已经漫过我的头顶
我抵御着向我扑来的浪头
在惊愕中睁开了眼
感恩那个为我盖被的背影
她为我缔造了梦中的海

有时，约定到来的时刻并不盛大
更多的是心跳奔涌在来的路上
习惯了平静却始终渴望着狂野
潮水将分分秒秒藏在浪花里
它比人更会激动

把心事在海岸上摔得粉碎的时候
是它唯一裸露的真实

面朝大海是一种神圣
一拨拨观潮的人挑选着视角
岂知潮水来到跟前的那一刻
乱成一团的视线已经回归自我
最美的潮水涌在内心
只是自己不愿意站在别人的角度

轻轻地，我就被融化

——写在徐志摩故居

更多的时候
我敬畏情重如山
而在此，偏偏
有一个词，窃走我的肉身
让我的灵魂缥缈如云

轻轻地我走了
正如我轻轻地来
在这里往返的人
把整个世界羽化了
我从一条长满梧桐的小街走来
被一片落叶轻轻地砸中

我在树影中找寻
那一个轻轻飘落的名字

似乎整条街被编辑过
如水的江南都是爱的词汇
挥别不去的康桥
为我和我爱的人
选择了世上最柔软的诗句

我在诗人的书房里
遇见了那个如火的年代
在一条至今荡漾如初的爱河里
遇见了金柳、长篙和新娘
还有比诗人更幸运的自己

游动的诗

你以一盏茶的名义
煮沸江南细雨
坐拥两千五百年清丽地
抚平疼痛的宕口

清风在此翻阅《茶经》
浸泡过的吴侬软语
在江南运河，在阡陌蚕乡
谈论太湖

摇过沧浪之水
竹篙击破贫瘠
一把油纸伞
撑起绿水青山又一片天

这水碧寿胜的风雅之地

初秋迷恋一湖秀色

我与太湖对视

那只黑天鹅告诉我

江南的诗是清浅的时光里

那一条透明的银鱼

运河古镇

一条飘着水腥气的老街
被光阴用旧，在这里
人们早已认同运河的血缘
拐杖，在小巷拐弯处
总能比画出当年乾隆在此上岸
一块界首茶干，一段帝王佳话

那些木格子窗户
是岁月的瞳仁
它见证一支橹、一个挑夫
一口老井、一群来往的打鱼人
从古镇悄悄消失
不服老的老街在一夜之间
坐在高速道口和高铁站
触摸时代奔腾的脉动

生来被运河喂养的古镇人
血液里流淌着运河的个性
浊酒一杯便梦里扬帆
不再满足运河纽扣的朴拙
邀约世界，古镇已着时代盛装

第二辑

运河情

界首运河码头

运河在年轻的时候
一眼就看中了界首
码头，是古镇留给运河的门

年轻的界首很漂亮
古街是她的细腰
轻轻一摆，往来的客就醉了

运河看中的不仅是界首的瘦
还有她的情怀和气度
那时候的运河靠橹和竹篙传情
牵线的渡船，从不嫌疲惫

码头这扇门
天不亮就开了
蹲成一排的女子

就开始淘洗一天的光阴

运河最爱欣赏这道风景
当中一定有他心爱的花骨朵
重情的界首常把运河挂在嘴边
码头有时候也是她亲吻的唇

申遗的码头
记不得乾隆上岸的年月
可界首从古到今
都记得运河的恩惠

一座大桥代替了渡船
界首人最得意
骑着运河去湖中打鱼观景

爱美的界首人
常在码头平台上载歌载舞
靠岸倾听的
不仅仅有船，还有岁月

许多人喜欢来码头打卡留影

因为不离不弃

在此可一诺千年

童年的梦

童年是非常羡慕山的
爬山，是运河边多数孩子的梦
有人说沿着纤夫的脚印走
就可以找到山
因此，许多梦境里
门前的草垛是山
大榆树是山
当过兵的父亲也是山

待时光在额头开凿出深涧
才发现内心已垒出山峰一座
心中的山水
云烟般秀美

后来懂得家乡的山
一直无形地存在着

它压在父辈的肩上
是运河的纤夫背走了光阴
大平原渐渐直起了腰

如今移山的那代人
在荒野的田角成了一座座山
那是村里无法超越的高度
清明，乡路上总是有一拨拨拜山的人

落日

游人若鲫
蜂拥向运河西堤
湖与河咫尺相近
看夕阳的人不愿离开
一座古塔早早就挑起那只灯笼

邮城人自在，将万亩湖光
揉搓成方寸之地
夕阳当邮戳，就盖在水天之处

在水一方的人表情渐渐黯淡
可那一封烫金的情书
在天边激情如火

背对落日留影
一脸的微笑，注入黄昏
湖水即刻为明天调好焦距

大堤下的州署

六百年前的马蹄声
已在青砖的缝隙里生根
青苔爬上大铁门
州署成了高邮老街上布满锈迹的年轮

就在运河的脚下生长
倒影里还漂浮着久远的疾苦声
波光里有人在翻阅奏折
水鸟衔走了署衙最后一枚官印

公正廉明的匾额高悬
几行吝啬的简介挤在门缝里
冷清的回廊拉长了人们的视线
很少有人停下脚步
去翻阅古运河传来的旧闻

蒹葭

泥沼里呼出一口气
称为蒹葭，嫩绿的乳名勃勃生机
出水后的小清新
在湖边，一直受宠于唐诗宋词
受宠于自在的目光

是那片浅滩摊开了宣纸
稚嫩的草书无所谓难懂
一笔一画都能拎出水
一转眼你就满头白发
翎羽飞去，一湖雪浪飞溅

珠湖小镇

将三十六湖浓缩成一个标点
点亮江淮旅游版图
你与生俱来的美
恰到好处地点缀在湖边
只浅浅一笑，世界都荡漾

是谁匠心独运
迁徙了这片荒芜的沼泽
以热爱的名义重塑码头庄
让一个宛如野荷的生态小镇
安放一种心情

世上太多的赶路人
渴望遇见这样的小镇
他们，将喧嚣洗涤干净
看芦花飞雪，听浪花旁白

最好是在小镇留宿
梦里也一帆风顺

这里的草木照着镜子生长
临水梳妆，窈窕欲仙
当唯美的芦花成为网红后
秋色里，那些微醺的修辞
在上马头的酒杯中
晃动着新的平仄

举行一次邀约
无所谓朴拙和优雅
这里，让肉身和影子都能安放

村庄追忆

一个被过去推举的风景
树木去了远方
蹲在树根上咀嚼的老人
在议论，那个出逃的寡妇
前庄的河沟填满绯闻
一年又一年地复制
不规则的村路渐次伸直

不见了庄户的炊烟
走惯的木桥如锈蚀的订书针
装订起老家的风情
很少有人去翻阅
旧麦场那些纳凉的裸身

用一首诗做桨

谁用五万亩辽阔
制成宝镜，照见了古秦邮
照见了唐风宋韵

帆影放牧金风
蒹葭亲吻玉露
许你天长地久
许你朝朝暮暮
这一河沧浪，舒卷千年
都在解读人间的情与爱
大地的歌与哭

文游台上，秦观邀约四贤
已成为古城珍藏的风景
运河记取这高光时刻
用一首诗做桨
在浩渺中游荡了千年

点燃

很多纸钱，此刻交给火
火，使命般奔赴
向着故人，向着天空，向着人心

天，从远方推来一朵云
心中藏着雨的云
屏住呼吸，不忍心
浇灭这人世间最后的善念

天知道这一切都是虚妄
活着的人更需要有一把火
点燃泯灭的孝道

纸房化为灰烬
一个虚拟的奢华瞬间塌陷
缭绕的烟尘升入天空
一堆灰烬再没有醒来

人望高处

看惯了你的姿势
像一个年迈的田园诗人
常在月光下疯疯癫癫

你的存在是村庄之幸
困苦的年代里
你把月光举过头顶
告诉无望的孩子
人望高处，梦会圆的
你常把月光拉到体内
旋转成光阴
旋转成村庄狗吠的声音

后来这个村庄出了人才
长出了一地诗句
人们都说是你撒下的种子

岁月遒劲在你的怀抱

旧时光的叶片已经枯黄

你隐姓埋名

成为老家绝版的风景

远方

去了远方，那一片天很蓝
疲惫的语气不见回声
同样是人，活腻的山水
看不见的，是一拨想逃离的人

采一束花，双脚踩痛崖壁
风擦亮景点的招牌
在花朵的伤口上跳舞
只有一瓣在树根处哭泣

有人挥动手中的蓝纱巾
在沙滩上奔跑
幻想着做一条鱼让海水诵读
一捧诗句，养在掌心
成了大海澎湃的理由

老树

几棵老树，倚在村庄一角
它们在谈论什么
有的摇头，有的点头
有的似乎在生气
落叶，是风中的泪滴

最老的那棵蓬头垢面
像村里一生没恋爱的光棍
身上有许多疤痕
想女人的时候
心里就抽出新鲜的枝条

许多人忽略它们的存在
老树将光阴存于体内
遒劲的枝干总喜欢钟情于月色

当有一天，狂风将树枝折断

老树不再隐姓埋名

亮出自己明朗的天空

另一个我

我想有另一个身份
成为一片瓦
在雨来的时候
迸发满腔激情

我想成为一条鱼
游进城市的深水区
鳞片的光照见波涛
爱我的人，如一张网

有时候更期待黑暗
在灯火熄灭时
成为萤火虫
黑夜里舞动的光
是灵魂最自由的存在

龙虬庄

这个村庄怎么也不会知道
祖先的脚印里有稻粒还在发芽
一场秋雨里
那些垂头的稻穗醒了

源于一场挖掘，那些碳化稻
在七千年的深水里浮出
连同陶片列队在阳光下
戴着栀子花的女人走过来
古人的刀具
在切割空气中的惊叹

祖辈补过的蓝花碗
跟粮食相关
一道与生命最紧密的光

就锃亮在掌心

粮食喂养了女人

繁衍是稻谷存在的意义

粽子

女儿寄来的粽子，未到端午
在一个早晨分娩
裹着的鸟鸣发出一声尖叫
如翻过一页诗稿

粽子有形的记载中
放逐一位诗人
乌云在窗外书写天空
我在搜索屈子行吟
一个被世人淡忘的标点

打捞《离骚》的气节
我的江渚在秋雨中泛滥
一杯浊酒，千里汨罗
自己的平原，貌似知己

绿洋湖

酥软的名字走失
面孔长满苔藓
一排排杉林铺成简字谱
谁漾来走心的古琴声

旧时光上岸游说
荒滩中有觅食的苍鹭
池杉在阳光充足的时候
找到另一个自己

游人坐着小船
用自己最坚韧的舌头
拨弄着弯道
在水的一方写自己的清白

藏匿的导游图

委婉着身姿

垂钓者一个慌乱的眼神

看见了湖的意中人

运河的早晨

岸柳摇风，晨练的人在舞剑
不同的招式，一样的情绪
运河的脊背藏不住剑气
身手，柳一般柔

露珠潜入鸟的口语
身体里有道光
剑锋有声的时候
江湖就在河湾的乌篷上静听

晨光中的运河
柳与剑都在同一时段约定
等待坚硬的水为她们导演

茶的诘问

泡软的宿命里
尖锐的话语痛得发烫
如此沉浮，心安何处
一身绿，一种安静
从不被沸腾征服

遇见，我成为彼此
在刀剑之间，在风雨之后
我在涅槃的那一刻
听见你们和解的气息

又一次我被利用
献出我的全部之后
我被遗弃，世界因我而崭新

十年

十年，树长成了没有
大河干涸了没有
镰刀生锈了没有
星星移动了没有

我坐在十年前的礁石上
岿然不动

事物如走兽，在光影里
变换着姿势和面具
我和你，行走在秒针上
剪接着大地的更迭

十年，许多故事在秋风里打烊
我的灶膛里，如诗的情绪
正煮沸漫天落雪

时光轮回，如一只鸟
伸展不尽的天空里
是羽毛端着的酒杯
如明月一般厚重
十年，我为你干杯

灶台之上

本能地切换场景
一枚鸡蛋掉下悬崖砸碎石块
切碎的葱花汇入河流
一个村庄按不住炊烟

灶神早已不再胃痛
可灶台上科技狠活流着污血
那一棵本分的青菜
露不出洁白的牙齿

箫声

从林、峡谷、湖边
纷纷形成我的音孔
肺腑里的回声
是一段凄美的风景
在二十四桥，在个园

漏风的音孔
走失了张若虚的影子
长歌短箫是风的假发
豪情馈赠春江
打动着前来赏花的人

石头千疮百孔
如古老斑驳的音符
沙哑的声线
一次次将天宇拉近
虚实着伊人的背影

听浪者

家门口的浪是用来收割的
起伏的夏夜
熟稔的呼吸在向谁告急

那只弯弯的小船
泅渡过多少夏夜
城市森林里的听浪者
站在石头上遥望

夏季

不需要有什么动力
我在余晖里
放养另一个我

那件短袖上黄的斑点
紧贴我的身体
夏天有太多不切实际的华丽

老年斑是时光种下的豆
随时蜂拥生长
最后那根火柴是我仅存的能量

夏季来临
我听见了体内的雷声
滚动的激情骤起
在灵魂的空隙点燃荒草
一团火，炽热如旗

风筝

就放过一次
在古运河边
你奔跑的样子如蝶

一直以为风筝是童心
因为天空，因为仰望
而你断然走进春风
扯起绷紧的线

空中的感觉特好
没有边际，没有屏障
无数如蚁的渺小若沙尘
放飞，是一种解脱

坠落是我最美的样子
与落霞共织那片天空

带走脸上的疲惫

阳光的味道植入肌肤

在我的后备箱

依旧珍藏着四月的风向

倾斜的月光

岁月的雀斑
长在夜晚的额头
梦，是上天恩赐的特效药
搽一次便长出黎明

是我尚未端正
还是天体倾斜
我躺在李白的诗句里
握不住游走的光

静夜悄悄告诉我
万物生长在视觉里
有许多不尽如人意
无须寻求完美如月
真的完美了那是一种疼痛
因此，它从不粉饰

留着缺憾倾斜在欲望里

那斑点状的泪滴

接纳过多少人的愁绪

弦之声

初入琴门，笨拙的手
不敢触摸七弦
像不愿触摸身体的肋骨
怕惊飞体内冬藏已久的声音

后来渐渐习惯了
熟悉我的古琴经常闭起眼睛
聆听我的徽位，我的河流和旷野
在成为它的常客后
它向我介绍爱琴的周文王

五千年的月光下
弦声如雷如剑如雨
如今我焚香一曲
凤池里只剩下瑟瑟秋风
我抱着一沓阳光

再也寻不见关山月影

每每抚琴，似与梧桐有约
徽位如鸟在树顶讲述
伯牙与子期
梧桐树下的我
无法分辨走失的情节
情愿做一仙翁打坐
听檐下风雨，饮沧桑如茶

渐渐地，我酷爱抱紧流水
如抱紧江湖
指动弦颤，便有汩汩暖流
温润心灵的那片皲裂

有时候，琴桌前静静发呆
希冀有一场雪落满窗棂
听雪片拨动心灵的弦外之音

今晚看灯

是谁建构了这样的夜晚
嗅觉里终于挣脱泥泞
那一束光穿透我的身体
抑或在我胸前爬行
不是夜来香
那是被洞穿的眼眸
偶遇菜地里那只受惊的兔

很多的人拥向这里
却没有座位
我落座在枯寂的花灯之上
打探游人好奇的眼睛
暗自揭开商人的面具

那条黑暗的河沉浸着幸福
远来的打捞队颤动着水声

河湾里炫动的谜团无人破解
更多的人拥向烧烤
把灯光秀抛给热恋的人

此刻听不见静谧的蛙鸣
晚风的喘息中传来大妈的抱怨
没人注意她新买的布鞋
她情愿在家炒着夏夜的味道
一张竹椅刷看那些笨拙的面孔

张牙舞爪的灯如鬼魅
一次次裸露夜的胴体
在人们的头顶打着哑谜
房子、店铺、摊点如被点燃
过道中，我挤进人流
摸到了水中最坚硬的石头

身后灯塔

白纸一样的湖面
灯塔如笔，我就在灯塔下垂钓
银白的鱼将我钓起
我看见直立的湖如镜
我如那慌乱的灯塔

倾斜的湖里放养着我的倒影
我爱在灯塔之下等待
等待自己上钩
痛感足以麻痹湖的神经
有时候人需要被照耀
如沧浪中的石头被摔打
我的渔线断了几次，却不语
因为，怕灯塔知道
逃跑的路径

湖边怪树

谁的遗骸
在此蓬头垢面
打劫游人的眼眸

是历经多少风雨才能
造就如此苍老
如一个哲学家
在湖边讲述从不变到万变

它的语境里澎湃着思想
修长的风摇动胡须
用回声尖叫
骗来许多妖艳的镜头

被湖水磨亮的筋骨
没有怨恨，低着头沉思
这湖底是不是有人走动
老柳，荫庇着天堂

书柜

安睡，在空气里
那些不曾走动的文字
我用退隐的时光安抚你

一本诗集抑或散文
如早餐里被忽略的盐
穿过腹部在体内打坐
荒凉许久的堆积
一下子被血液冲垮
我看见了洪水中那卷来的鱼

守望过书中的古人
与我品尝今天的韵脚
或打道文游台
重拾湖天渔歌

幻想在一刹那被词汇接回
一把古琴在书柜前长卧失声

窗前遐思

屏住呼吸，闭上眼睛
风声，雷电，贴着肌肤
恍如在银汉之上
用一万年向你靠近

沿着星辰，在夜空画出弧
那是一条投奔的路
漆黑之中，你一定看见我
穹顶之上肉体燃烧的光

很多的时候，明月很近
一座桥、一潭水、一次夜钓
都能约你对坐，听你的呼吸
那时候的心跳
是你漾出的涟漪

今晚，你一定在窗前守候

柳梢之上月在挠首

如我揉皱情书

在城中

活在城市腹部
挺不直腰
垂挂着摇摆的光阴

一半枯萎，一半翠绿
只有浓密的面颊
长着会说话的青春痘

追问它的前世今生
树身藏着村史
绕着粪坑走开的日子
是树难忘的记忆

推倒第一面墙
大树沉默不语
在城中，它是一个智者
月光下理着胡须

重逢

不是梦回，是真实的脚步
在狭小的时间隧道里与老屋重逢
灰尘舔着皮鞋
一如童年的脚丫被冻裂

老屋不存在了
我站在田野中间
慢慢修复那个
用工分码上来的墙壁

那些邻居去了哪里
被重新命名的土地
在高铁穿过的时候
把箭头指向遥远

挺拔

居住在挺拔

呼吸在挺拔

掌声在挺拔

我置身于挺拔的世界

与一个传说有关

与一个邮差有关

我看见挺拔的风摇醒秦砖汉瓦

我听见挺拔的雨洗涤尘埃

我触摸挺拔的灵魂在十字路口

他扶起摔倒的老人

挺拔如城市雕像

习惯了低迷的生活方式

洼地里推不动向前的车轮

苏醒的鸟鸣一次次挺拔城市高度
我徜徉在音乐喷泉的幸福里
挺拔成那最美最激越的音符

市井剪影

清晨，小城的血管开始膨胀
拱形小桥像古城的手镯
定格在丽人的相册里
桥下溪水脉动着青色的光
叫它市河，是因为
没有语词能像血管一样
在城市肌肉里奔流

在一条街与另一条街交会处
一枚钱币丈量着人心
卖西瓜的大哥最懂钱币的心思
腰间扣着二维码

小巷里零星的蜂窝煤还在唱歌
歌声的尾巴翘到天上
换了主人的老屋里

新来的婆婆不懂邻居的凌霄花
在阳台上晾出家长里短

地摊的清新，依旧吸引路人
如不舍的老唱片
还原老城太快走失的旋律

慢不下来的节奏
在面馆外选择站立
一碗面，成为这座城市最美的流行语

明月忘了归途
清晨的树梢留有它的脂粉气
谁在推窗偷拍
那扇虚掩的门

肉案

盖着蓝戳的猪肉没有血腥
屠夫的微笑
不带一丝杀气

卖肉人慈眉善目
刀锋喂养着不同的需求
没有谁在此悲悯生灵
只有大妈掂着斤两

在肥瘦之间构建生活
屠夫，不戴任何面具
肉案，能把恐怖幻化成温和
并让人忘记一切

阳春面

排队吃面
是这座城市的潜规则

慵懒的表情，逃离
不同的取舍在面锅里旋转
面与人，抢着第一声问候

面的名字好听，阳春
柔软的音韵，温和在初夏
在透明中隐藏绝技
是面店猜不透的谜
没有伪装可以入口
只有下面少妇惊人的记忆
掌控着众多食客

野生鱼

路边，澡盆里游动着三维动画
立体的思维鳞片
在这里逆向排列
呼吸空气，是上岸后的鱼
改变身份的一次喘息

太多的晴天，希望有场雨
哪怕淋湿了，也充满赞美之词
饥饿从来不属于富人
阡陌之水游来的鱼
有着不同的血统

为了野生的户口
鱼们，从塘口到湖中瘦身
窈窕如早晨的月光
没人识破的真相

外卖员

为了赶在风的前头
你将时间挤出水
线上的订单推开一扇窗口
从来不分黑夜与白昼
你像那只工蜂
穿行在城市森林

拐弯抹角
组合成你生活的全部
职场捧出滚烫与冰凉
你用辛劳助力城市的疯长
汗水里，全是母亲揪心的疼

除了飞奔还是飞奔
忽略冷眼和责怪
你没有时间慢下来
用良心对话，是留在身后的风景

废弃

伫立楼栋出口处
风雨呼叫它的乳名
老了，信报箱终于躺倒
它的户主们没来探望

没有疼痛的呻吟
默默承受被废弃
曾经飘逸的墨香
如今走了，没有谁为它送行
只有风还记得过往

谁还记得那封家书的温暖
上了垃圾车的信报箱没有哭泣
不再有信报箱的小区非常平静
多了些许猫和狗的脚印
多了僵尸车，多了扎眼的金属标志

当真投递箱没用了

当真没有读书阅报的需求了

当真手机刷屏可以替代一切了

当真这个时代人们不再饥饿了

落叶无语，小区的道闸

重复着机械的命题

五月的背面

看惯了五月的长相
一脸青春痘种在初夏的额头
青涩的时光里
很少有人去寻访背面的光影

五月的背面可见失恋的蝴蝶
独自落在钓竿的竿梢上
偷看被阴谋引诱的鱼

五月的背影是夏天埋下的伏笔
满树的落英愧对青果
该不该说出当年转身出墙的险情

五月占尽一年的风光
最长的假期里人们习惯踩踏山河
谁都没在意背面的河流中
有人在呐喊道德落水

垂钓

选择东北风，口好
湖边有许多废旧的船
躺在水里说梦话，说水下有城池

垂钓，似乎抢占了生活的高地
人与人拼累后的选择
人与鱼终于绷紧同一个话题

抛出去的诱惑很短暂
上钩的阴谋被东北风破译
只遛了三个回合
抄网就听信了谣言

香饵，在水中摇着手绢
亦如旧时代的舞女
从深巷里走来的鱼
在上钩的那一刻味觉失灵

寻找

落叶枯黄，枝干清瘦
一个故事藏在记忆深处
想象中的母亲树一样坚强
在那个年月向北风讨教儿子的去向

贫困喂不饱一个婴儿
在一个黑夜
母亲把骨肉托付给风
一阵吹拂千里的风
树的种子在异乡裂变
移植的骨血一样葳蕤成景

村庄里，那棵孤独的树
俯下身躯在姓氏里
寻找最初的象形文字
寻找一个母亲对另一个母亲的许诺

重逢的疼痛
无法愈合生命的伤口
情愿寻找，成为帆影
成为清瘦树干，成为母亲的轮廓
在那个饥饿的冬天
诘问盘根错节的古榕
其实，人一辈子都在寻找母爱
身边的、远方的、心里的
健在的、离去的

古琴

泠泠弦声，来自远古
从帝王深宫传来
从卧龙岗竹林深处传来
从伯牙子期的故事中传来
从渭城朝雨里
“劝君更尽一杯酒”的依依顾念中传来

弦声吟如雨，拂如涛
泛如水，撮如拈花
七弦之上采摘五千年国风雅韵
仅此一个滚拂
万千流水便注满心怀

喜欢走进“梅花三弄”
听梅雪痴狂的絮语
叹断肠人生死相许的过往

再无寒鸦栖复的相思惊魂
只有聚还散的人心恬淡

更多的时候愿做冲霄一鹤
在七弦之上与灵魂对话
在凤池里共鸣一曲《广陵散》

转场

半辈子看惯的场景
麦黄蚕老，秧池蛙鼓暖场
一个夏天由此开台
可如今，一夜间裂变的田野上
依旧站着等待收割的人
他们在梦里依旧磨镰
宗教般膜拜木桥后面的土地
似乎有人拉着村主任衣角
想还原麦场上机器的轰鸣
尽管拿到的分红比粮食更多

儿女去了城市，他不孤独
他还有这些老伙计陪伴
道具成老屋寂寥的壁画
扁担、铁锹、镰刀、木犁
随丰收的锣鼓进了村史馆

一年四季从不卸妆的他
当惯了主角，怎么就成了看客
他想一斧头劈出谜底
想陪麦田再走一程，哪怕是龙套
直至躺在麦地，咬着麦粒睡去

然而，翻新的土地没有回复
推土机的牙齿留下了坚硬的眉批
龟裂的五指习惯了麦草嫩绿的安抚
被机械撕裂的布景，不等谢幕
就装进了金属的道具箱
转场了，来不及回味音响的撞击声
只有水，沧浪般低吟着秧歌
如同劝说灵魂
劝说站在村口牛拉不动的风景

鱼的视角

透明和浑浊是鱼躲不过的情场
水在静止中拥抱鱼
清晰的鳞片如纸
用尽一生去书写生命的沉浮
都未能明白那张网
那张非常透明美丽的网

更在乎旋涡中不时的浑浊
让一切游离视线之外的情感
被浑浊包裹，被浑浊占有
穿越的光影在清浊之间谈论是非
深浅如何，一个水花
是一辈子最美的注解

鱼说，悬浮的状态是水的邀请
偶尔飞跃去看另一种风景
因为在水之湄，鱼的眼角也有泪

幸福里

火树银花，在这个夜晚
给城市命名
行走的目光挣脱喧嚣
第一次定格这块与水相关的命题
音乐俯下身躯
在水面起舞，有形与无形
都没穿夜行衣
任看客指指点点
时有惊呼来自幸福的泉眼
如体内呼之欲出
做糖人的小鼓与草示意
今夜，幸福里定有爱情私奔
因了，井喷的激烈
落下幻影，在凤凰岛繁衍
一个城市掌心里的传说
在幸福里走失

许多纷争在幸福里说破
这里，最大的能耐是忘却
它将复杂简化到零
在零的起点飞向空中与光会合
这种快乐是灵魂的触碰
是瞬间被点燃的水的燃烧
是幸福里不为人知的秘密

避风港

只有在天气突变的时候想起你
想起湖与运河的对话
想起臂弯里的惊愕
以及那些遍体鳞伤的守望

没有蒹葭的港湾
显得刺眼，规则的图形里
没有了木桨、船篙的生动
一汪空旷的水在抚慰水草
打探这里的主人去了哪里
新建的灯塔有没有亮过
没有网的湖面给风写信
说那些冲锋舟
丢下了一个女人的尖叫
岸边即刻响起浪的掌声

停泊是这里的主题
却没有一盏渔火
只有钓灯刺眼的光
夜晚还在指引着城市的舌尖
愤怒的鱼蜂拥闸口抗议
被一阵阵血腥的笑声扎破身体
没有谁会申诉

避风是一种概念
是改写过的捕捞
在生存状态栏目里的挣扎
是一尾鱼上岸后
回望水的悲悯和惆怅
拾级而上的台阶
漫溢在没有腥味的空气里
沿着构筑的曲线散步
似乎听见从远方传来的呼救
关于灵魂的靠岸
关于避风港被惊吓的生灵

清水潭

一颗晶莹剔透的铆钉
将运河的传说铆在岁月深处
说潭水深不可测，十斤麻线
捆绑着神秘，一直延续到东海
潭水尚未生锈，因湿地杉林变得生动
什么时候起，放飞的野鸭
溅起了深潭年轻而又貌美的遐想

绕了一个弯的运河在这歇脚
瞳孔里依旧有那年水灾咆哮的疼痛
森林的主人兴许是邮差的后裔
马棚里牵出的是一条驿道的新版本
潭水是美的装帧，游人读着白鹭
发声的文字，盘桓如歌

很多的时候，人们善于修缮

一如清水潭的苦水酿成美酒
轮回的烛光里，如太阳的舌头
撩起葳蕤的植被如毯
在栈道的拐角处释放风流
一潭清水，一坛好酒
邀约白鹭万千
朝也啾啾，暮也啾啾

古驿站

好想做一回你的信使
从前朝出发，一路扬鞭
背上的八百里加急
一定是高邮有人状元及第

卸鞍之后，我的马就先放在马饮塘
在四德泉泡个澡、搓个背、修个脚
那飞来的热毛巾，温度恰到好处

一碗阳春面，外加荷包蛋
是早晨富足的滋味
然后沿运河向北遛个弯
听南水关有啥心事诉说

信使，兴许是旧时代最神圣的差事
一封家书抵万金，全在自己的行囊里

穿越时空，打马来到现代高邮
我在南门大街驻足许久
这里的装扮半真半假、半新半旧
只有那一枚古钱币用明朝的目光打量我
说我穿着汉服，就应该背一把古琴

其实我很想走进街口直播的镜头
身边最好挽一个穿旗袍的女子

镇国寺塔

河心岛上，你是一支巨笔
每天都在写风调雨顺、国泰民安

七级浮屠，是百姓心中的图腾
在运河为你绕弯的时候
你就决定恩惠这一方勤劳朴实的善民

千帆过尽，清波浊流，你一眼看透
寺中旺盛的香火，唤醒的依然是
心无杂念的人

双塔之间，你总是挑着晚霞入睡
把一轮焐热的朝阳，让给你最钟情的人
这个城市因你好事成双
我常在双双对对的喜气中沉醉

四贤祠

我在一面布满碑帖的墙面上
读懂了四贤宣泄的情绪
那狂飙乱舞的草书
一定是某人疾恶如仇的眼神

古时候这里是座庙
因文人雅集，四贤造访
泰山隐姓埋名
它情愿躲在暗处，看文人吟诗
侠士舞剑，香火兴衰

这里立着秦观的像
这个城市的文脉因此一直兴盛
西来的湖光照彻亭台楼榭
疏影中的文气绕着闲散的游客
懂与不懂，都要拍个视频

崇文的当代人，更多的是敬畏
来文游台借一轮旧时明月
照亮家中爱读书的人

第四辑

运河颂

运河颂

运河，你古老
你飘逝的帆影是时光的胡须
在中华民族的面颊上见证着沧桑
展示着从容
你在风雨中一次次涅槃蜕变
流走的是贫瘠
灌溉的是繁荣
运河呀，运河
你年轻，你永远是一条玉带
系在祖国的胸前
在你的波光里
我看见了烟花三月
婆娑起舞，郁郁葱葱
运河呀，运河
你文明，你的源头是创造
你用精神的力量回馈大地

功德无量，令人赞颂
今天，我在二分明月的故乡看你
让我们裁一段流动的画面
献给世界
哦，这是幸福中国历史文化的新版本
这是华夏儿女
奋发向前、生生不息的长歌

（2012年6月央视“中华长歌行”栏目选用，陈铎、虹云朗诵）

大运河，我来了

题记：甲辰年中秋，自驾采风，启程之前，兴奋不已，登程在即，作此小诗，自勉自励。

一

疾风在窗外，在耳鬓
在运河纤道
我放慢车速，在寻找
童年的鹅卵石
中年的明月
如今老了，我依旧沿着
连环画的毛边
寻觅一条大河的魂
不再饥肠辘辘
驿道也不再荒凉
健康的骨头告诉我
自在的高度，隐在抵达之后

不走，还待何时

二

向北，从运河的端点出发
我要先尝一口白浮泉
就此成为一名运河的长子
两肩担着古风汉韵
如纤夫般逆流而上
一路走向从前
去追寻眼眸里消失的帆影
还有月光下依旧
不愿停泊的乡愁

三

这是我一个人的运河
河水养大的文字
在神经末梢纵横
我要怎样才能完成一次奔赴
那些如青铜般的诗句
一次次叩响大地

叩响难眠的夜
这是一个不甘寂寞的时代
古人亦可跨洋东渡
我为何不能在母亲河溯源寻根
好想成为一个水手
长河里拔篙弄桨
旋涡中不惧死生
若一颗用运河水命名的
能治愈人心的灿烂星星

四

运河，我来了
走明月照彻异乡的路
去听洛阳的苇笛
鹤壁的歌谣
去触摸江南雨巷
来品浙东的茗茶
沿着大中华这条血脉行走
无须背负行囊
只需一瓣诗心
就可点亮千里征程

运河，我来了

万千文字且着夏粮已装船

五大水系涌入笔端成诗

我就是那枚童年捡回的鹅卵石

已经孵化成一河雪浪

一定要拍击出生命不老的涛声

淇水汤汤

一路飞跑，直奔你而来
线装的中原、瓷做的鹤壁、诗意的朝歌
淇水漾出的江山
三千里河床浮起青铜的蹄铁
线装书脊渗出甲骨裂纹
瓷胎开片的鹤壁正以釉色
丈量夜弦五十里
我触摸那一张张面孔
还在青铜篡纹里起伏呼吸

这一路，卫风吹过编钟的罅隙
隐去了高亢激越的声部
捧在手心的八大古都
此刻，已经安然入睡
所有的朝代都退成陶片上的云雷纹
唯有竹简沁出墨色的涟漪

《诗经》里的中原，八风浩荡
清冽而又纯净的韵脚
淇水般流淌千年
唯有载驰千古
深植时光肺部

霞光里，青山不老
在一片旷达的野地里
众神沾水作诗
一首压住松涛千里
一首烙下中原胎记
我只能歌吟今日江山如画
敬畏汤汤淇水，润我盛世中华

策马中原

刚在商周的甲骨上聆听母语
又来唐宋的茅庐与谪仙吟诗
刚在汴河石桥上挥别漕船
又来黄楼陪苏公聊南城夜雨
在历史的遗存里畅游
有刀耕火种的文明
也有江山江湖的蝶变
大中原，一幅长卷，让我
从市井烟火中，解读出江山兴衰的密码

这里有爱，三千年不老
淇水泱泱中，只求执子之手
这里有孝，尚德之舟上
四女的船只一直在打捞人性该有的模样
这里有浩瀚无边的玉米高粱
它泛着金黄，在农家的屋檐下

耸起生活
它让我停下脚步，问老乡
这年景，你的歌如何放养
平平坦坦，没有崎岖
唯有沿路的秋收
垒起了欢笑的山冈
偶来一条大河宽阔
像经络，像玉带，缠绕着
八千里路云和月
在这肥沃的大地流韵芬芳

我不由自主地被黄河
汴河、卫河的古老意象征服
那来自上苍的伟力
改写和重塑起大中原的阳刚
我在一片棉田里
采摘到丢失多年的云朵
那温暖是一个诗人
记忆清晰的寒凉

来到中原，我才知什么叫苍茫
大河汤汤，我才懂九万里浩荡

一首小诗又算得了什么
在祖国的版图上
中原的楚风汉韵是文明的源泉
满地诗韵，一路华章

将诗路就铺在齐鲁吧
这里不缺威武雄壮
那些饱满的诗句习惯于抒情
就在这借黄河的背景
比浪花动情，像开闸般奔放
将诗魂就递给汴水吧
在众诗仙推杯换盏之后
醉在中原的，一定是我发烫的诗行

我从运河的源头而来
我从商周殷墟的瓷窑里来
我赶着清明上河园里的牛羊而来
我从“天生我材必有用
千金散尽还复来”的意境中而来

马蹄踏响，壮哉中原

此刻，奢望着再来一碗烩面

再听一段豫剧

让我的小情怀，拥抱这擦肩而过的酣畅

活着的运河

七百年的甘棠花盛开的时候
那眼神一直打量着古运河
大堤如此伟岸，河面如此宽阔
莫非邵伯就是运河最得意的杰作
无须修复的原生态，三水交汇
一字长堤，直抵明清腹部

在斗野亭遇见七贤
他们在谢安筑埭的意境里打磨平仄
布潘家古渡以新韵
一首斗野唱晚在时光中走秀千年

大码头于古于今都是风景
镜头刚想捕捉向下延伸的坚硬踏步
抬头惊鸿一瞥
花纸伞又占了整个画面

说运河活着不纯粹是臆想
在江淮流动的画框里
只有邵伯铁犀称得上画龙点睛
镇水如铁，确立于行而上
治水之道，从来就左右不了虚空的天意

条石街是古运河得意的一笔
这段遗存至今长在光阴里
南北圈门如两个括号
诠释着一段水上城坊的美妙
这里活着的不仅是古景古意
还有三闸戏三水的现代奇观

春江花月夜

在江淮运河的源头
遇见张若虚是最大的幸事
他将春夜剪成五景
哪一片你都会爱不释手

要说我最欣赏，自然是江花
从古到今它都是江都的风水
仅此二字足以成就春江花都的美

明月照彻这里
不仅有江花的俏丽，还有枢纽的神奇
水利枢纽
一眨眼，亿吨江水北上

如果你恰好遇见这里的夜
那就摘一瓣明月带走
留有二分给扬州就够了

江南啊，江南

你是我心里最美的字眼
烟雨蒙蒙、杨柳青青、水墨淡淡
你是在画里长成的大家闺秀
着一身旗袍，持一卷诗书
走进雨巷，撑一把油纸伞

唯美在我的眼眸里
还有小桥流水，乌篷小船
你的世界里堆满唐诗宋词
举手投足都是平仄
水塑的性格，自命不凡

这就是我的江南
忽略了铁马金戈、青灯黄卷
典藏起兽皮弓箭、甲骨竹简
赠你小桥流水人家

雨里古巷、风里村落、浪里船帆

这就是我的江南
在一部《史记》里淘不到越王的宝剑
在一支民歌里能感受姑苏的缠绵
江水在澎湃中蓄满雷电
奔涌出一春又一春的激情波澜

这就是我的江南
石码头兜售不尽的皇家传说
纤道上甩出一把把纤夫的热汗
我急急忙忙从江淮运河赶来
西津渡最后一缕晚风扶我登船
看江花胜火为我孤旅壮胆

这就是我的江南
在这个季节里，它需要一首诗做的犁
耕翻历史，宣传遗产
在青果巷诉说运河的古今
在拱宸桥告知远去的风帆

江南啊，江南

我从北运河的源头而来
带给你一场北国雪
看拙政园的梅花有多耐寒
带给你一船临清砖
填补你心中诸多的缺憾
带给你山东人的阳刚和彪悍
让你偶遇风暴时也能挺直腰杆

江南啊，江南
当我抵达三江口，看巨轮出港、浪花飞卷
当我被布满古老锈迹的火车头约谈在戚墅堰
当我漫步宝带桥，看姑苏横卧沧浪、楼群耸入云端
当我在多个历史街区回眸江南的来路
我才发现我真的错了，错了！
江南的秀美，是长江精气的濡染
江南的气质，是名流志士骨子里的大爱大善
江南的风情，是常州的铁、绍兴的酒、嘉兴的船
组合成中华大地令人神往的画面
江南什么都不缺
缺的是我们深层次的打量
越过它的表情
我们就能与那颗争强好胜的心相遇

古今江南，不一样的肝胆

我“春来江水绿如蓝”的江南
我“多少楼台烟雨中”的江南
我“春水碧于天，画船听雨眠”的江南
我“小楼一夜听春雨，深巷明朝卖杏花”的江南
几多唯美，几多浪漫
唯美之处，何止春江花月夜
他们以真金白银撑起半壁江山
浪漫之际，何止一把油纸伞
西湖国际论坛，一支古琴曲
令多少金砖政要翘指点赞

江南啊，江南
我从浙东运河的源头回探
源头活水都是祖国母亲的乳汁
我愿留在三江口老外滩过夜
让我的梦，五光十色，通宵达旦
我愿在清名桥静听阿炳的二胡
灵魂跟着走进世界乐坛
我将江南的一枝一叶都揣在怀里
做一个生态江南的嘉宾、运河的使者

一生就诗颂在祖国河山的路上
诗也江南，歌也江南!

（2024 年 11 月 4 日）

三江口

今晚，我就是这天主教堂上刚落脚的飞燕
等待钟声，打理羽毛
今晚，我挽着运河从北方走来
走近你，甬江、姚江、奉化江
成为三江口第一个浪头
今晚，我是老外滩那个凭栏远眺的人
捕捉那远航归来的心跳

此时，十万亩秋风屏住呼吸
任细雨披肩，待江潮上涌
给我一个五口通商、走向世界的理由
此时，夜幕遮不住两岸的火热
忽略了一对情侣在游船上对视的眼神
此时，我被江岸的暖色融化
身不由己地端起一杯咖啡

品着品着，我忽然感觉我已成为这座城市的一个标点
品着品着，我已经是三江口那朵躲闪不及的浪花
品着品着，我的心潮与江潮已经汇在一处

收住遐思，如同运河到此收住脚步
就此举行一次入海的仪式吧
以运河前世今生通江达海的名义
举杯碰出天下盛世豪情

我终究没能挣脱时光的诱惑
化作一条鱼游进江底
我发现了唐宋，发现了影青、龙泉、陶瓷
发现了锈迹斑斑的朝代
借着宁波的咽喉
呼喊出第一声中华文明

游船上别人赏景，我开始摇橹
摇进陆游的诗境
好一个村步有船，江桥无柱
看我，与秋色共潮
与海舶共帆，与河船共北上

舶来世界风情，润我华夏肤色

累与不累，我都在海上茶路打坐
因为在这里，泡一壶龙井
整个世界都香

秦邮四月天

你从七千年前的龙虬走来
捧着碳化稻米
你从秦观的鹊桥仙韵脚中走来
风流倜傥，文脉绵延
你从汪曾祺故乡食物中走来
回味在多少人的舌尖
你从古运河的桨声中走来
一个旋涡，就是一首民谣

秦邮四月天，春来百花艳
撑一支文字长篙
追寻你凝香的景点
一阕平仄，吟临泽梨园飘雪
一叶风帆，诵运河泛舟潋滟
一片花海，听蜜蜂萦绕细语
一行白鹭，孵东湖湿地容颜

菜花说，它的眼神如火焰
四月里，有一场轰轰烈烈的遇见
运河说，春风岸柳
古驿道上，最适宜跃马扬鞭

这里是经济开发区、高新区
我从车间过道的玻璃墙与机器人对视
你将数字时代推送到我跟前
挥臂写华章，如此亮眼
我再也寻不见那一个个家庭作坊
这里已被育成智慧路灯产业园

一灯甲天下
加入了世界照明的朋友圈
这里的大棚万紫千红
我在一朵花的絮语里
听见了繁华都市的脚步声

还有这里、这里、这里
高邮大虾撑起高质量发展一方天地
万千麻鸭，不再自我陶醉

它走进了国人的餐桌
画着惊艳天下的两个圆

秦邮四月天，古城在嬗变
我在城市的中轴线上穿越
青砖黛瓦，高楼大厦
运河在远去的时刻回眸
时代在调色板上踮起了脚尖

古老与现代对坐，一盏茶
冲泡出内心的甘甜
鸟语花香塞满古城的肺叶
文明、典范是两只飞鸟
筑就了它们新的家园

我看见一颗颗心灵
在街头巷尾、十字路口悄悄地拔节
和陈规陋习说声再见
我的城市我做主，我们有一张共同的脸

秦邮四月天，民生展新颜
新农村正在喧响振兴的鼓点

高铁高速在老家地头眷恋着炊烟
不要钱也能将城乡走遍

华灯初上，舞步在广场翩跹
家住高邮，有说不尽的缱绻
秦邮四月天，有花为媒
邀约世界，我们共舞
秦邮四月天，有诚作舟
牵手朋友，我们共赢
秦邮四月天，我们一起在
中国式现代化的征程中勇毅前行

我从运河大堤上走来

鸟鸣从春晨的树梢上滑落
砸醒运河大堤的梦
嫩绿的柳丝摇动着岸边的乡村
绵延的河沟、金黄的菜花、孕穗的小麦
瞬间漾入波纹
还原着老屋炊烟、老树昏鸦

高铁高速飞过田野
不敢想的现实春潮般涌来
我笑成了村头那一树桃花

每当漫步在田野之上
风车声告诉我
这一片土地正在拔节
它正孕育着一个奇迹

这个奇迹，是沃土上的传说
高效农业示范区的大戏
在家门口彩排
不再出远门的农民成了主角
科技的锣鼓声开场
亮相的是特色鲜明的家乡品牌

这个奇迹，是农业农村的裂变
走出贫瘠的乡村
全新的视角，全新的版图
画卷般向世界展开

现代化建设新征程的印记
每一页都那么精彩

春天里，我与国家农业现代化示范区相约
想尝一尝醇香的大米
看一看鲜活的大虾
智慧养殖也能光顾云平台

春天里，我与高邮经济开发区相约
工业经济、乡村振兴双轮驱动

科技赋能、品牌创响双管齐下
“硬核力量”的大幕已在春天里拉开

拉开吧，传统农业已经退出历史舞台
经济开发区正在上演
新产业、新环境、新农人的豪迈
农文旅融合，多元化覆盖
我在强村富民的曲调中陶醉
听见了全市乡村振兴的最强节拍

今日高邮，乡村振兴的春潮滚滚而来
来看吧，这里是湖上花海
游客来自大江南北
来品吧，这里是高邮大虾现代渔业示范园
数字化养殖管理
全新的产业链将推出一个
令人惊叹的农业生态品牌
来体验吧，这里有宜居村庄、颐养社区
美丽乡村低碳生态
来合作吧，投资高邮
是你明智的选择，成功的期待
牵手吧朋友，三个百亿级的产业

将带你登上现代化农业新的台阶
融入吧朋友，这里提供全链条融合发展空间
农业与文旅、教育、康养正深度融合
共赢吧朋友，全方位的高效服务
已经为你搭建多个效益平台

四月的风，是乡村振兴的信使
春天的景，是农业农村的风采
我为高邮现代化农业代言
我将丰收的最新含义告诉世界
我站在聚焦江苏绿心的点位上自豪地宣告
乡村振兴，高邮出彩

我就在人民中间

——献给人民代表大会制度建立七十周年

当我挥别高铁、高速
奔向牵挂的虾塘、蟹塘
来不及泡浓一盏茶
挂过“代表证”的胸口
被蝶变的家乡灼得发烫……

当我坐在梨乡直播间
将人民代表实践基地置顶
天南地北的点击，即刻
汇聚成信赖的宏大流量

当我们的电缆贴上军工的标注
眼前的世界江河般浩荡
我们都是人民江山的护航者
如一根骄傲的光明电缆

效命在祖国海疆

当我走在老街旧巷
以一个社区人民代表的名义
搜集那一缕缕困顿的月光
百姓的呼声已沉淀在我的笔端
民生无小事，民主胸中装

这些年，我以诗做桨
划进七千年历史长河
打捞起一座古城的苦难和悲壮
是这片土地上的人民告诉我
今日高邮，日新月异
靠的是人民的智慧和力量
于是，为天地立心，为生民立命
便成为我毕生追求的方向

这些年，我奋斗在经济发展的主战场
帮企业把脉，为企业解题，做企业智囊
在促进营商环境更优更好的日子里
我在履行一个人民代表的职能
践行使命、义无反顾、勇于担当

这些年，我跟随脉动的时代舞蹈
做“扁担姐”，当“大虾王”
起舞在线上线下，活跃在四海三江
我从一个农民蜕变成网红和企业家
不变的是一颗人民代表的心
它永远置身于人民中间

是啊，我就在人民中间
我愿做党和人民的纽带桥梁
如同清晨第一缕曙光
托起神圣的使命，辉映着人民至上

是啊，我就在人民中间
我的心灵深处镌刻着民生福祉
每条建议斟酌再三
每次监督从不虚妄
我为家乡人民代言
人民满意是对我最大的考量

是啊，我就在人民中间
我是法治建设的耕耘者

我是文明创建的榜样
我是社区最晚熄灭的灯火
我是乡村振兴奔跑的领头羊

我是人大代表
请为我鼓掌，鼓掌，鼓掌
我是国徽中那株最美的谷穗
为人民履职，我无上荣光
我是人大人民代表
请助我飞翔，飞翔，飞翔
我愿乘现代化建设的彩虹
在时空中挥写奇迹和梦想
我是人大代表
请与我一起歌唱，歌唱，歌唱
颂扬江苏人民的美好生活
歌唱大美江苏正踔厉奋发，扬帆起航

扬州高邮：六旬诗人万里走单骑，多首诗作吟唱大运河

毛群英　崔根元

“以运河前世今生通江达海的名义，举杯碰出天下盛世豪情……”2024年11月11日，微信公众号“高邮文联”的“诗颂中国大运河”专栏推出第36期宁波站作品《三江口》。这是江苏扬州高邮界首镇六旬“运河诗人”后金山“中国大运河采风行”的收官之作。自2024年9月19日开始，后金山以北京白浮泉遗址为起点，以家乡界首镇为终点，北上南下，往返驱车5300多公里，自费自驾完成了这次采风行。一路上，他打卡大运河世界遗产点，陆续创作了50余首诗作，讲述运河故事。

一生情系大运河

“我是一个在大运河边长大的农民的儿子，大运河是我的母亲河。我自小热爱文学，尤其是诗歌。自1986年11月第一篇诗作《运河的纽扣》在《新华日报》发表后，一

生的创作就没有离开过大运河。”后金山说。中国大运河是世界遗产，也脉动着中国政治、经济、社会发展的走势，流经北京、天津、河北、山东、河南、安徽、江苏、浙江等地，具有2500多年的历史。多年来，宣传中国大运河的文章、影视、专著、纪录片很多，尤其是2014年中国大运河申遗成功后，沿线兴建的大运河博物馆以及运河文化带的建设，使运河文化呈现出从未有过的兴旺态势。

在高邮民间，后金山有“运河诗人”之誉。作为江苏省作协会员，他由衷感慨与大运河缔结的深厚情感：“我出版的三本诗集中，其中一本就叫《运河浪花》；2012年创作的《运河颂》，被央视‘中华长歌行’栏目选用；创作的歌词《运河古镇》被《词刊》选登。这一切都说明我和运河有缘，也是真正激发我这次大运河采风行的动因。”

一路奔波一路歌

“全程全境式采风运河，是一次快乐的文学苦旅。大运河重要遗产点多达60处，经过的城市地标有30多个，我这个年龄的人沿运河自驾行，难度可想而知。”后金山对这次采风行感慨良多。由于是一个人自驾，旅途劳顿不言而喻。凌晨3点，他披衣起床敲击键盘，将白天的所见所闻、所感所悟，凝结成一行行发自内心的诗句。

一瓣诗心续文脉

从北京白浮泉遗址起步到宝应，从宁波的三江口起步到邵伯，他按照分两段采风的方式，打卡数十处运河世界遗产点和运河人文地标，沿途创作了《大运河，我来了》《白浮泉》《淇水汤汤》《江南啊，江南》《春江花月夜》《大风歌》《水泊梁山》《青果巷》等40多首诗作。

按照“行万里路，写百首诗”的总体创作计划，行程结束后，后金山沉下心来，细致梳理沿途拍摄的照片和视频资料，将分为“运河魂”“运河景”“运河情”“运河颂”四个层面进行深层次挖掘整理。“‘诗颂中国大运河’是一次漫长的旅程，创作本身也是一次灵魂的历练。”后金山对运河饱含深情，对未来的创作充满信心。